Herausgegeben
durch Grace Fox

Der Vogel, der Türen aufmacht

und andere Geschichten

Hänssler-Verlag
Neuhausen-Stuttgart

ISBN 3 7751 0359-7

TELOS-Sondertaschenbuch Nr. S 759

Umschlaggestaltung von Walter Rieck
Deutsche Bearbeitung durch
litera, Christliche Verlags-Agentur
Der Titel der amerikanischen Ausgabe lautet:
THE HAIRY BROWN ANGEL
Gesamtherstellung: Ebner, Ulm

Inhalt

Der Vogel, der Türen aufmacht

Eine wahre Geschichte von Grace Fox

Manche Vögel, die als Haustiere gehalten werden, können ihre Käfigtüren aufmachen. Aber Teresa kann sogar Haustüren öffnen.

Teresa ist ein großer, blau-goldener Makao, ein Papagei also.

Ihre Besitzer, Herr und Frau Kunkel, und deren vier Kinder haben fast zwanzig Jahre lang im bolivianischen Dschungel gelebt. In ihrem zweiten Jahr dort bekamen sie Teresa zu Weihnachten von Freunden geschenkt.

Meistens durfte sie draußen frei umherfliegen. Aber sie wollte lieber drinnen sein bei der Familie. So lernte sie, sich die Türen aufzumachen. Als die Kunkels die Tür zuhakten, biß sich Teresa einfach durch den Fliegendraht. Herr Kunkel mußte eine neue Tür bauen und den Holzrahmen mit Metall einfassen.

1968 zogen die Kunkels wieder nach Hause. Sie predigten überall in den Vereinigten Staaten das Evangelium und ermutigten junge Menschen, Missionare zu werden. Manchmal nahmen sie Teresa auf ihren Reisen mit. Sie fanden heraus, daß Teresa noch andere Türen öffnete – die Türen zu Menschenherzen.

Auf seinen Fahrten hielt Herr Kunkel eines Tages an einer Tankstelle. Als er aus der Toilette kam und wieder zu seinem Wagen ging, fand er den Tankwart in heller Aufregung.

»Puh«, sagte der Mann. »Hab' ich einen Schreck gekriegt! Als ich die Scheibe abwischte, hat jemand ›Hallo‹ gesagt. Ich guckte in den Wagen, und da saß dieser riesige Vogel. Was um alles in der Welt ist das für einer?«

Herr Kunkel lachte: »Das ist ein Makao. Er kommt aus Bolivien, wo ich Missionar war.« –

»Missionar!« rief der Mann. »Aber als Missionar kann man doch umgebracht werden!«

»Schon«, gab Herr Kunkel zu, »aber man kann doch auch auf jeder Autobahn getötet werden.« Und dann erzählte er dem Tankwart von Jesus, und dieser Tankwart war offen darüber.

Ein andermal schlugen die Kunkels im Yellowstone-Nationalpark ihr Zelt auf. Es hatte in der Nacht geregnet und geschneit. Zwei frierende, hungrig aussehende junge Leute wohnten gleich nebenan im Nachbarzelt.

Herr Kunkel ging hinüber und lud sie ein, mit ihm und seiner Frau zu frühstücken.

Kaum, daß die beiden Männer auftauchten, krächzte Teresa: »Hallo.«

Die Jungen lachten und erkundigten sich nach ihr.

Und wieder erzählte Herr Kunkel, wie er Teresa bekommen hatte.

Da stellten die beiden viele Fragen. Sie interessierten sich für die Missionsarbeit, fragten nach den Indianern im Dschungel und – nach Jesus Christus. Sie waren von der Freundlichkeit der Kunkels sehr beeindruckt. Bevor alle weiterreisten, betete Herr Kunkel noch für die beiden jungen Leute.

Wieder hatte Teresa eine Tür geöffnet, und Menschen konnten von Jesus hören.

Dann besuchte Herr Kunkel einmal eine Oberschule und nahm Teresa mit. Viele Jungen und Mädchen, die Teresa in der Schule gesehen hatten und sich sehr für sie interessierten, kamen später in die Kirche, um Herrn Kunkel sprechen zu hören. Einige von ihnen nahmen bald darauf Jesus als ihren Heiland an. –

Ist Teresa gutmütig? Was frißt sie? Was kann sie sprechen? Wie alt ist sie? Immer wieder muß Herr Kunkel diese Fragen beantworten.

Er erklärte alles gern und genau. – Teresa ist etwas schüchtern, wenn sie jemanden zum ersten Mal kennenlernt – aber nur ein wenig. Und manchmal ist sie gleich gut Freund.

Sie ist ein großer Vogel – rund siebzig Zentimeter lang. Geboren wurde sie 1947, und sie kann 80 bis 100 Jahre alt werden, also älter als ihre Besitzer.

Teresa frißt fast alles, was Menschen essen, nur keine Süßigkeiten. Sie mag Fleisch, Kartoffeln und Früchte und – trinkt Kaffee.

Sie schält alles, bevor sie es frißt. Sie schält das Obst, sogar Brot, und einmal hat sie auch Schokolade, die Herr Kunkel ihr gegeben hatte, geschält. Außerdem tunkt sie gern ein. Wenn Eßwaren (etwa Brot oder Kuchen oder Kräcker) ihr zu trocken sind, fliegt sie zu ihrem Wassernapf und wirft die trockenen Sachen hinein. Wenn das Stück etwas durchgeweicht ist, frißt sie es.

Aber im Unterschied zu den Menschen frißt sie nichts, was nicht gut für sie ist. Und sie überfrißt sich auch nicht.

Teresa spricht Spanisch und Englisch. Sie sagt: »Dame la pate« (gib mir deinen Fuß), oder »Teresa fea« (Teresa ist häßlich)! Sie hat noch andere Sätze auf Spanisch von den Schulkindern gelernt.

Auf Englisch sagt sie Sätze wie »Polly wants a cracker« (Polly möchte einen Kräcker), oder »Hi!« (Hallo!), und »pretty bird«. (schöner Vogel!).

Einmal – im Urwald – mußten die Kunkels Teresa bestrafen, weil sie böse gewesen war. Sie jagte die Schulkinder und versuchte sie in den Kopf zu hacken. Nachdem sie ein paar Monate lang eingesperrt worden war, lernte sie sich zu benehmen.

Normalerweise lebt Teresa im Freien – ohne Käfig. Sie fliegt nicht weg. »Obwohl andere Makaos im Dschungel sie dazu bringen wollten, sich ihnen anzuschließen, flog sie nicht weg«, sagte Herr Kunkel und lachte »Sie weiß, sie gehört zu uns.«

Bei kaltem Wetter muß sie warmgehalten werden. Einmal fuhr sie im Auto der Kunkels mit, und die Heizung funktionierte nicht. Teresa holte sich sofort eine Lungenentzündung. »Wir beteten für sie, und ich bin sicher, daß der Herr sie berührte, denn sie wurde daraufhin wieder gesund«, sagte uns Herr Kunkel.

»Wir wußten nicht, wie sehr uns Teresa helfen würde, als wir wieder nach Amerika kamen. Manchmal lassen wir sie bei Freunden. Aber wenn sie mit uns reist, bringt sie Gespräche in Gang und öffent die Herzen der Menschen. Dann hören sie zu, wenn wir von unserem Heiland erzählen und davon sprechen, wie nötig Missionare gebraucht werden.«

Wie Mark gehorchen lernte

Eine Geschichte von Muriel Larson

»Prinz, wie oft hab' ich dir schon gesagt, du sollst nicht hinter Autos herjagen!« schimpfte Mark. Prinz raste auf Mark zu, japste und wedelte mit dem Schwanz.

»Dummer Hund«, sagte Mark liebevoll und fuhr Prinz mit der Hand durch das seidige Fell. »Wann du mir wohl endlich gehorchen lernst? Ich will doch nicht, daß dir was passiert.« Prinz war ein prachtvoller Collie, – wenn er nur besser gehorcht hätte!

Auf dem Heimweg traf Mark Rainer Schilf. Sein Vater war mit ihm nicht einverstanden; aber Rainer war ganz anders als die anderen Jungen. Mark kam sich erwachsen vor, wenn er mit ihm zusammen war.

»Mensch, Rainer, du hast ja dein neues Sportrad mit«, sagte er bewundernd.

Rainer stand neben seinem Rad. »Genau«, gab er stolz zurück. »Sieh dir mal die vielen Extras an.«

Mark untersuchte die doppelte Handbremse, den langgezogenen Sportsattel, die Fünfgangschaltung. Das Chrom am Lenker und am Rahmen blitzte in der Sonne. »Tolles Ding!« staunte er. »Muß ja 'n Vermögen kosten!«

Rainer zuckte die Achseln. »Meine Eltern kaufen mir, was ich will«, sagte er. »Willste mal fahren?«

»Darf ich?« rief Mark. Am liebsten wäre er vor Aufregung hochgesprungen. Rainer stieg ab und gab Mark das Rad. Mark stieg vorsichtig auf und fuhr los. Es ging wie der Wind! Prinz rannte nebenher. Fahrräder, Autos, das war für Prinz alles eins – Dinger, mit denen man um die Wette laufen konnte!

Mark fuhr um den Block und kam wieder bei Rainer an, gerade als dieser sich Marks Haus näherte. Mark bremste scharf und Prinz ebenso. »Das ist ein prima Rad, Rainer«, sagte er. »Wär' nett, wenn ich's mal wieder fahren darf.« – »Klar, jederzeit«, sagte Rainer gleichgültig. »Hör mal, warum kommst du nicht morgen nach der Schule rüber? Ich hab' was richtig Duftes ausgedacht.«

Ein listiges Leuchten erschien in seinen Augen, und Mark wußte, Rainer hatte sicher wieder etwas ausgedacht, das ihn bei den Nachbarn ins Fettnäpfchen treten ließ oder das sogar verboten war.

Mark wollte mit diesen Unternehmungen eigentlich nichts zu tun haben. Aber er fuhr doch so gern mit Rainers Rad oder auch mit seinem Boot mit zum Fischen!

»Ne, andermal vielleicht, Rainer«, sagte Mark. »Morgen hab' ich massig Hausaufgaben. Bis später dann.« Er winkte und ging aufs Haus zu.

Marks Vater war gerade von der Arbeit heimgekommen und stieg aus dem Auto. »Mark«, sagte er streng, »war das nicht Rainer Schilf, mit dem ich dich da eben gesehen habe?«

Mark ließ den Kopf hängen. »Ja, Vati.«

»Und, hab' ich dir nicht gesagt, du sollst nicht mit ihm zusammen sein?« schalt der Vater. »Du weißt doch, daß er mit dem Gesetz in Konflikt gekommen ist. Er ist ungezogen, und er bringt jeden in Schwierigkeiten, der mit ihm zusammen ist. Wann lernst du wohl, Vater und Mutter zu gehorchen?«

»Aber, Vati«, widersprach Mark, »Rainer ist doch nicht so schlimm, wie ihr denkt. Er ist ganz nett. Er hat ein Boot, und jetzt fährt er auch noch das prima Sportrad.«

»Mein Junge, ich weiß, der Bursche hat 'ne Menge zu bieten, was dich anzieht«, sagte der Vater. »Aber ich will, daß du mir gehorchst und dich von Rainer fernhältst! Denk dran, Mark, wenn du uns nicht gehorchst, bist du auch gegen Gott ungehorsam. Ich möchte darüber nichts mehr sagen müssen!«

Marks Vater ging ins Haus, und Mark blieb zurück und sah traurig vor sich zu Boden. Wie sehr gern wäre er wieder mit dem schönen Rad gefahren!

Einige Zeit ging Mark Rainer aus dem Weg. Als Christ wollte er seinen Eltern gehorchen und Christus Freude machen. Aber immer, wenn er Rainer irgendwo auf seinem Rad sah, wäre Mark auch gern darauf gefahren. Und dann, als Mark eines Tages auf seinem alten Rad fuhr, kam Rainer auf seinem schönen neuen Rad dahergesegelt. Er hielt neben Mark an. »Sag mal«, fragte er, »bist du schon mal auf einem neuen Sportrad die Bergstraße runtergesaust?« Mark brummte. »Nicht mal mit dem alten Rad versuch' ich das. Die Straße ist zu gefährlich. Gleich unten kommt man auf die Hauptstraße mit dem vielen Verkehr. Mein Vater hat mir streng verboten, mit dem Fahrrad die Bergstraße runterzufahren.«

»Also, wenn du *die* Straße nicht runtergesaust bist, hast du nicht gelebt!« rief Rainer. »Und erst auf dem neuen Sportrad. Willst es mal versuchen?«
Mark starrte bewundernd das Sportrad an. Wie aufregend es sein mußte, damit die Bergstraße herunterzujagen! Er war schnell entschlossen. »Na gut, ich probier's.«

Als sie an die Bergstraße kamen, tauschten Rainer und Mark die Räder. Mark erinnerte sich zwar an die Warnung seines Vaters, aber als er das neue Rad zwischen den Knien fühlte, dachte er nur noch daran, bergab zu rasen. Er schob an und war schon unterwegs, als sich Prinz zu ihm gesellte. Der große Collie lief wie wild hinterher und wollte mit ihm Schritt halten.

Als er ans Ende der Straße kam, trat Mark kräftig in die Bremse. Er sah die Autos auf der Hauptstraße hin und her fahren. Ob er wohl genügend abbremsen konnte, um die Kurve zu kriegen? Die guten Bremsen an dem neuen Rad hielten. Mark bog sicher um die Kurve.

Aber Prinz . . . Prinz rannte weiter! Er lief geradewegs in den Verkehr hinein. Da waren ja herrlich viele Autos, die man jagen konnte! Mark rief ihn, aber es war schon zu spät. Bremsen quietschten, als ein Wagen plötzlich stoppen mußte, und Prinz wurde an den Fahrbahnrand geschleudert, wo er blutend liegenblieb.

Mark warf das Rad hin und lief zu Prinz. Der hob noch einmal schwach den Kopf und ließ ihn dann aufs Pflaster fallen – tot! Mark schlang die Arme um seinen Hund und vergrub sein Gesicht in dem dichten Fell. »Prinz, Prinz«, schluchzte er, »du dummer Hund! Warum hast du mir nicht gehorcht?« Plötzlich merkte er, was er sagte. Langsam hob er den Kopf. »Ich bin schuld«, murmelte er. »Hätte ich Vati gehorcht, wäre das nicht passiert. Und ich habe Prinz ›dumm‹ genannt.« Mark verbarg seine Tränen im Fell des Collie. »Herr, vergib mir«, schluchzte er. »Und hilf mir, Vati alles zu gestehen und nicht wieder so dumm und ungehorsam zu sein.«

Bettys Schatten

Eine Geschichte von Doris Steinmetz

Betty Wold ging langsam die staubige Großstadtstraße entlang. Sie stieß eine Büchse, die im Rinnstein gelegen hatte, mit dem Fuß vor sich her und wünschte sich – sehnlicher als alles andere auf der Welt –, daß sie irgendein Tier hätte.

Immer, wenn Betty ihrer Mutter sagte, daß sie gern ein Tierchen besitzen würde, sagte Frau Wold: »Betty, du weißt doch, daß wir uns das nicht leisten können. Wir wollen schon froh sein, wenn ihr fünf Kinder von Vatis Einkommen satt werdet.«

Erst heute morgen war Sarah May strahlend in die Schule gekommen. Ihr Papa hatte ihr zu ihrem neunten Geburtstag einen Papagei gekauft – mit Käfig. Aber Sarah May war ein Einzelkind, und Betty war die mittlere von Fünfen. Betty trat in das rote Backsteinhaus, wo sie im dritten Stock wohnten. Als sie die Treppe hinaufstieg, schnupperte sie den vertrauten Geruch von Zwiebeln und altem Putz.

Plötzlich blieb sie stehen. Mitten auf dem Treppenabsatz saß eine große graue Katze.

»Mama, Mama, komm, sieh nur!« rief sie die Treppe hinauf. Oben an der Treppe erschien eine große, müde aussehende Frau.

»Sieh nur, Mama! Wem gehört die Katze?«

»Meine Güte, Kind, ich dachte schon, es wäre etwas passiert. Das ist einfach so 'ne Streunerin. Irgendeine herrenlose Katze. Husch! Husch!« Die Mutter klatschte in die Hände und versuchte, die Katze zu vertreiben.

»Mama!« schrie Betty, »warum hast du sie verscheucht?

Jetzt läuft sie weg! Ich wollte sie so gerne behalten.« »Betty, ich hab' dir schon so oft gesagt, du kannst kein Tier haben.«

Am Abend, nachdem sie abgewaschen hatte, schlich sich Betty aus der Wohnung. Sie wollte nach unten zu den Großeltern gehen. Großvater war Hausmeister für den Block und wohnte im Erdgeschoß. Und Großmutter hatte einen Goldfisch! Als Betty die Treppen hinunterstieg, glitt ein grauer Schatten an ihr vorbei. Die Katze! Und sie hatte eine schwarze Ratte im Maul!

»Mama, Mama, sieh nur, was die Katze hat!«, rief Betty. Sicher gefiel das ihrer Mutter jetzt. In den Wohnungen gab es viele Ratten. Einmal hatten sie sogar eine im Laufställchen des Babys gefunden!

Wieder kam Frau Wold eilig angelaufen. »Betty, was . . .«, fing sie an, aber dann hielt sie inne, als sie die Katze mit der Ratte sah. »Vati, komm schnell und sieh dir das an!« rief sie.

Jetzt kamen der Vater und die anderen Kinder heraus. »Na, die Katze können wir hier gut gebrauchen!« rief Herr Wold. »Gute Jäger findet man selten!«

Die Katze ließ die tote Ratte fallen und wedelte selbstgefällig mit dem Schwanz hin und her.

»Ach, bitte, Vati, dürfen wir sie behalten?« bettelte Betty. Die anderen Kinder hopsten vergnügt umher. Ehe die Katze noch weglaufen konnte, hob Betty sie auf. »Ich nenn' sie ›Schatten‹, weil sie so grau ist.«

Von da an legte Schatten fast jeden Tag eine große Ratte auf die Türschwelle. Die ganze Familie war stolz auf sie. »Wenn man bedenkt, daß ich sie beinahe verjagt hätte«, sagte Frau Wold.

Eines Tages, nachdem Schatten sich einige Zeit nicht hatte sehen lassen, nahm Frau Wold Betty mit in einen

Vorratsraum im Keller. »Wir haben uns überlegt, wo Schatten wohl die ganze Zeit war. Sieh nur, was Großvater gefunden hat!« Auf einem staubigen Vorratsregal neben ein paar alten Lumpen saß Schatten mit fünf jungen Katzen.

»Oh, sind die süß!« jauchzte Betty und griff nach ihnen. Schatten fauchte und wollte Betty nicht an ihre Kleinen heranlassen. Aber bald gewöhnte sie sich daran, daß die Kinder mit ihren Kätzchen spielten. Und schließlich hatten alle bis auf das kleinste Abnehmer in der Nachbarschaft gefunden, nachdem sie die Mutter nicht mehr brauchen würden. Einige Tage später besuchte Betty die Großmutter. Sie las dem Mädchen aus ihrer großen Bibel vor. Betty sah aus dem Fenster und war entsetzt, als sie die Kätzchen in dem Gang zwischen den Häusern spielen sah.

Sie rannte in den Hausflur, und Großmutter kam hinterher. Aber noch bevor sie die Kätzchen erreicht hatten, fuhr ein fremder Hund dazwischen und bellte wie wild.

»Weg da, oller Hund!« kreischte Betty. Und plötzlich war Schatten da, sprang dem Hund auf den Rücken, fauchte und kratzte.

Überrascht fuhr der Hund herum und stürzte sich jetzt auf Schatten. Sie wälzten sich übereinander und fauchten und bissen sich. Als sie schließlich aufhörten, war Schatten tot, und der Hund trollte sich mit blutendem Kopf. Betty kniete schluchzend neben Schatten. Großmutter legte die Hand auf Bettys Schulter. »Nicht weinen, Kindchen«, tröstete sie. »Das Leben ist manchmal hart, aber wir müssen tapfer sein. Mir tut es auch so leid.«

Betty fuhr sich mit dem Ärmel über die Augen. »Arme Katzenmutter«, sagte sie und schluckte noch einmal.

»Wir müssen uns um die Kätzchen kümmern«, sagte Großmutter entschlossen. »Die armen Kleinen sind sicher ganz verstört.« Sie suchten unter Büschen und hinter Mülltonnen, bis sie alle fünf gefunden hatten. »Sag mal«, sagte Großmutter und hielt ein geflecktes hoch, »dieses will doch noch niemand haben?«

Bettys Gesicht hellte sich auf. »Nein! Oh, vielleicht können wir das behalten!«

Nachdem sie die Kätzchen gefüttert und im Keller in ihre Kiste gesetzt hatten, nahm Großmutter Betty mit in ihre Küche und gab ihr Milch und ein paar Kekse.

»Weißt du, Kleines«, sagte sie, »aus dem, was wir gerade erlebt haben, können wir etwas lernen. Schatten hätte nicht sterben müssen. Aber weil sie ihre Kätzchen liebhatte, ist sie gestorben, um sie zu retten.

Weißt du noch, was ich dir über Jesus aus der Bibel vorgelesen habe? Er hat uns so lieb gehabt, daß er auch für uns gestorben ist. Aber er ist für unsere Sünden gestorben, damit wir nicht für ewig in die Hölle kommen.

Du weißt doch, in der Bibel steht, ›alle haben gesündigt‹ und ›der Lohn für die Sünde ist der Tod‹. Da steht auch: ›Wie viele ihn annahmen, denen gab er Macht, Gottes Kinder zu heißen.‹ Hast du ihn schon angenommen, Betty?« Betty war ein Weilchen still. Dann sagte sie leise: »Ich glaube, Großmutter, jetzt verstehe ich es zum ersten Mal richtig. Jesus liebt mich und ist für mich gestorben. Ich will ihm danken, daß er mir die Sünden abgenommen hat, und zwar gleich jetzt!«

Und das tat sie dann auch.

Der Tierarzt

Eine wahre Geschichte, erzählt von Grace Fox

»Gut, Betty, ich denke, jetzt können wir die Katze holen«, sagte Dr. Robert Allen zu seiner elfjährigen Tochter. Er führte sie in ein Hinterzimmer, seine »Krankenabteilung«, um die Katze zu holen, die operiert werden sollte.

Die zehnjährige Kris erwartete sie im Operationsraum. Die beiden Mädchen verbrachten den Vormittag bei ihrem Vater in seiner Tierarztpraxis.

Die »Krankenstation« war nur ein kleiner Raum mit einigen unterschiedlich großen Käfigen. Dr. Allen griff in einen der Käfige und holte eine hübsche junge Katze heraus. Er gab sie Betty.

Betty hatte Katzen sehr gern. Und diese war eine Schönheit. Sie hatte ein weiches, weiß und schwarz gezeichnetes Fell und sah das Mädchen aus großen Augen an. Betty lachte über die langen Schnurrhaare der Katze.

»Sieh nur, sie trägt ein Glöckchen am Hals«, stellte Kris fest, als Betty die Katze ins Operationszimmer brachte.

Die beiden Mädchen streichelten das Kätzchen, während der Vater alles für die Operation vorbereitete. Schließlich nahm er die Katze auf den Arm und wog sie. »Damit ich weiß, wie stark ich ihr die Narkose geben muß«, erklärte er den Mädchen.

»Was fehlt ihr eigentlich?« fragte Kris, als der Vater die Nadel mit dem Betäubungsmittel aufzog.

»Gar nichts, Kris. Sie ist rundum gesund. Sie wird nur operiert, damit sie keine Kätzchen mehr bekommen kann.«

Endlich war Dr. Allen fertig und hatte alle sterilen Instrumente bereitgelegt. Das Narkosemittel war in der Spritze, und er hatte sich Arme und Hände geschrubbt.

Er legte eine Venenpresse an ein Vorderbein der Katze, um die Vene besser zu finden, und stach die Nadel ein. Das Katzenfräulein hielt schön still. Sie maunzte nicht und kratzte nicht. Als die ganze Flüssigkeit eingespritzt war, schlief die Katze bereits fest. Jetzt mußte Dr. Allen schnell arbeiten.

Er drehte das Kätzchen auf den Rücken und band ihre vier Pfoten ausgestreckt fest. Dann rasierte er das Fell an der Stelle weg, wo er operieren wollte.

Mit seinem Skalpell machte Dr. Allen zuerst schnell einen Schnitt durch Haut und Muskeln. Dann nahm er ein anderes Instrument. Damit fuhr er in den Katzenbauch und holte ein kleines Stückchen Gewebe heraus. Er schnitt das Stückchen ab und vernähte den Stumpf. Es blutete fast gar nicht. Schließlich nahm er seine Nadel und »Faden«, und nun kam der längste Teil der Operation – der Schnitt wurde zugenäht. Nach jedem Stich mußte der Faden fest verknotet und dann abgeschnitten werden. Das wiederholte der Arzt mehrmals, bis der Schnitt vernäht war.

»Ich muß sie so sorgfältig nähen«, erklärte er, »weil sie sonst vielleicht die Fäden herausleckt.«

»Tut es ihr weh, wenn sie aufwacht?« fragte Kris.

»Kaum«, antwortete der Vater. »Morgen darf sie wieder nach Hause. Da wird sie schneller gesund.«

Dr. Robert Allen war ein geduldiger, netter Mann. Er ging mit seinen pelzigen und gefiederten Patienten sehr sanft um. Und mit den Besitzern der Tiere war er genauso geduldig und freundlich. Als er mit der Katze fertig war, warteten noch viele andere Patienten im Wartezimmer. Kris und Betty jedoch durften nicht länger bleiben. Vielleicht möchtest du aber wissen, wie ihr Tag anfing . . .

Noch ehe irgend jemand zu Dr. Allen kam, half Kris ihrem Vater, das Wartezimmer sauber zu machen. Sie fegte eine Menge Tierhaare zusammen. Dann wischte ihr Vater den Boden feucht auf und sah nach seinen Patienten in der »Krankenstation«. Der erste Patient war ein Hund, den seine Besitzerin, eine ältere Dame, gebracht hatte. Er hieß »Pfeffer«, war ein vierzehn Jahre alter Cocker-Spaniel und sollte eingeschläfert werden.

Dr. Allen erklärte, daß der Hund unheilbar krank sei. »Das ist jetzt das beste, was ich für ihn tun kann«, sagte er. Dann zeigt er seinen Töchtern eine böse entzündete Wunde am Bauch des Tieres und wies darauf hin, daß der Hund immer mehr erblinden würde.

»Pfeffer war einer meiner ersten Patienten, als ich meine Tierklinik hier eröffnete«, erzählte Dr. Allen Kris und Betty. »Wenn man das Hundealter, vierzehn Jahre, mal sieben nimmt, kann man das Alter des Tieres ungefähr mit dem eines Menschen vergleichen.«

Pfeffer war ganz ruhig, als Dr. Allen ihn ins Untersuchungszimmer führte. Er hob ihn auf den Tisch, tätschelte ihn und sprach mit ihm. Dann richtete er die Spritze für die Injektion, die den Hund einschläfern sollte. Kris hielt sein Halsband fest, aber Betty ging nach draußen. Sie hatte Tränen in den Augen.

Dr. Allen band Pfeffers Schnauze behutsam zu. Dann gab er ihm die Spritze. Eben sah der Hund den Arzt noch vertrauensvoll an, dann fiel er zur Seite auf den Untersuchungstisch – er war tot. Es hatte ihm nicht wehgetan. Als der Vater dem Hund das Herz abhörte, um sicher zu sein, daß es nicht mehr schlug, kam Betty wieder herein. »Ist er in den Hundehimmel gegangen, Vati?« fragte Betty bekümmert.

»Nein, Herzchen, soweit wir wissen, gibt es für Hunde keinen Himmel«, erklärte der Vater freundlich. »Der Himmel ist nur für Menschen, die Jesus liebhaben.«

Nachdem er Pfeffer noch einmal untersucht hatte, hob Dr. Allen den Hund auf und trug ihn hinaus. »Nachher kommt ein Mann und holt den toten Hundekörper ab«, erklärte er.

Die beiden Mädchen blickten sehr ernst drein, als sie in den Warteraum hinausgingen. Sie unterhielten sich über Pfeffer. Bald kamen weitere Hunde und Katzen mit ihren Besitzern, und das Wartezimmer wurde voll. Da warteten ein Britischer Spaniel, ein seidiger Dackel, ein Siamkätzchen, ein großer, schwarzweißer Collie und ein Schnauzer.

Seltsamerweise beachteten die Tiere einander kaum. Keins von ihnen bellte, miaute oder knurrte auch nur. Jeder war so mit sich selbst beschäftigt, daß er sich um die anderen nicht kümmerte.

Betty und Kris gingen wieder ins Behandlungszimmer, um zu sehen, wie die einzelnen Patienten hereingebracht wurden. Der Spaniel jaulte und bellte jetzt, obwohl ihn der Doktor nur untersuchte. Die Dackelhündin saß still und würdig da, während ihr Frauchen mit dem Doktor sprach.

Prinz, der große Collie, bekam eine Spritze gegen Tollwut in die Schulter. Als der Doktor fertig war, flog Prinz förmlich aus dem Zimmer und zog seinen jungen Besitzer hinter sich her.

Das Siamkätzchen benahm sich wirklich ausgezeichnet. Verglichen mit dem Collie war sie winzig, und auch sie bekam eine Spritze. Außerdem machte der Doktor ihr die Öhrchen sauber und untersuchte sie von oben bis unten.

An dem Morgen kamen nur Hunde und Katzen in die Praxis, aber Dr. Allen behandelte sonst auch Vögel, Stinktiere, Waschbären und andere Haustiere. »Die Leute bringen mir Stinktiere und Waschbären, damit ich sie gegen Tollwut impfe«, erklärte der Arzt.

»Früher habe ich auch große Tiere auf dem Bauernhof behandelt, aber das ist vorbei. Einmal untersuchte ich die Backenzähne einer Kuh. Ihr wißt vielleicht, eine Kuh hat ein Maul, das fast fünfzig Zentimeter lang ist. Mein Arm steckte bis zum Ellenbogen in dem Maul, und da muß ich wohl mit meinem Ehering an einem Zahn der Kuh hängengeblieben sein. Gleich darauf war der Ring von meinem Finger abgestreift und im Hals der Kuh verschwunden. Weg war mein Ehering!« Die Mädchen kicherten jedesmal, wenn sie diese Geschichte hörten.

Der letzte Patient, den Kris und Betty an diesem Tag sahen, war der Schnauzer. Man nennt ihn auch »Deutscher Terrier«, und er hat ein rauhhaariges Fell. Er war krank gewesen und wurde nun von Dr. Allen nachuntersucht.

»Geben Sie ihm weiter die Tabletten. Das Fieber ist weg, aber er muß die Medizin noch bekommen, damit er auch

wirklich gesund bleibt«, sagte der Arzt zum Besitzer des Schnauzers.

Dann operierte Dr. Allen das Kätzchen, und damit war der Besuch für die beiden Mädchen beendet.

Sarahs Abenteuer

Eine wahre Geschichte aus dem Amerika um 1680, erzählt von Grace Helen Davis

»He, Sarah! Wie wär's, wenn du auch herauskommen und die Nüsse hier beim Haus aufheben würdest! Oder willst du etwa in den Wald gehen und Nüsse sammeln?« rief Sarahs Bruder neckend durch das Küchenfenster.

»Ich komme, wenn ich mit der Arbeit fertig bin und Mutter sagt, daß ich raus darf«, antwortete Sarah kurz. Aber beinahe wäre ihr doch eine Träne über das Gesicht gelaufen.

Welches neunjährige Mädchen hätte sich in diesem fremden Land nicht gefürchtet, in Penn's Wald zu gehen? Sarah hatte eines Tages aus nächster Nähe einen riesigen Braunbären gesehen. Es war zwar nichts passiert, aber sie wollte doch lieber niemandem im Wald begegnen!

Und wenn sie nachts die Wölfe heulen hörte, machte ihr das nur noch mehr Angst. Die Owens gehörten zu den »Quäkern«, die froh waren, als sie Wales in England verlassen und nach Pennsylvania kommen durften, wo William Penn seine Kolonie gegründet hatte. In Wales waren sie wegen ihres Glaubens sehr schlecht behandelt worden.

Die Owens hatten sich mit anderen Familien aus Wales am Stadtrand von Pennsylvania angesiedelt. Der Vater war gleich darangegangen, ein festes Blockhaus zu bauen und einen großen Teil des Waldes zu roden, damit er einen schönen Bauernhof bekam. Aber einige Bäume hatte er stehen gelassen, und einer davon war der große Baum bei der Tür, der die Hickory-Nüsse trug. »Pitschpatsch! Plop!« machten die Nüsse, wenn sie herunterfielen. Sarah wäre gern hinausgelaufen und hätte sie aufgehoben. Aber sie half der Mutter gerade, Apfelbrei zu kochen. Nüsse und Apfelbrei waren Vorrat für den Winter.

Das letzte Apfelmus war jetzt in einen irdenen Topf gefüllt. Sarah wusch einen großen Kessel aus, in dem es gekocht worden war. Bald war es Zeit, das Abendessen zu richten. Sarah seufzte. Es sah nicht so aus, als bliebe ihr Zeit, um nach draußen zu laufen und Nüsse zu sammeln oder die frische Herbstluft zu genießen.

Da kam der Vater mit schnellen, hastigen Schritten herein. »Frau, kannst du Sarah ein Weilchen entbehren?« fragte er. »Ich fürchte, es gibt Regen. Es wäre gut, wenn Joel und ich den Mais heute nachmittag ganz einbringen könnten, und Sarah müßte dann schnell die Kühe holen.«

»Natürlich darf sie gehen, Mann«, antwortete die Mutter sofort. »Ich kann das Abendbrot allein richten. Zieh die Schürze aus, Sarah.«

Sarah gehorchte der Mutter und ging aus der Hütte.

Ganz sicher war sie sich allerdings nicht, ob sie sich über diesen Auftrag freuen sollte. Manchmal liefen die Kühe so weit weg!

»Aber eigentlich kann ich das genau so gut wie Joel«, ermutigte sich Sarah. »Und ich sollte auch auf Gott vertrauen, wie Mutter es immer sagt.«

So lief sie munter los und kam bald zum Waldrand. Hier waren die Kühe und das Kälbchen der »Schönen«, einer prächtigen Kuh, meistens zu finden.

»Aber ich höre die Kuhglocke gar nicht«, wunderte sich Sarah. Sie kletterte auf einen Baumstumpf und spähte in den Wald. Da war nichts zu sehen von der rahmweißen Schönen und den anderen Kühen.

»O Schreck, ich muß in den Wald gehen«, seufzte Sarah. »Na, wenigstens scheint ja die Sonne.«

Aber ängstlich war ihr doch zumute, als sie zwischen den Bäumen dahinrannte. Vielleicht grasten die Kühe auf einer kleinen bewachsenen Lichtung. Schnell hatte Sarah den Platz, den sie gut kannte, gefunden. Aber auch dort waren keine Kühe! Sie suchte weiter auf einer anderen Lichtung, und dann fiel ihr ein kleiner Bach ein.

»Vielleicht trinken sie noch«, dachte sie und rief nach den Kühen.

Aber auch an dem Bach waren die Kühe nicht, und die Sonne ging schon unter. Sarah begann vor Angst und wegen der Abendkühle zu frösteln.

»Es wird dunkel und kühl. Ich geh' lieber zurück und rufe vom Feld aus«, beschloß sie angstvoll.

Sarah rannte zurück – jedenfalls dachte sie, sie liefe zurück. Aber sie konnte die Stelle nicht mehr finden, wo ihr Vater gerodet und seinen Weizen gepflanzt hatte. Sie blieb stehen. »Ich kann mich doch nicht verlaufen haben! Ich weiß, daß ich aus dieser Richtung gekommen bin!« Das Mädchen sah sich voller Angst um. »Wie schnell es dunkel wird!«

Sarah wollte weiterrennen, aber eine wilde Brombeerranke ließ sie stolpern. Sie fiel hin und schlug sich das Knie auf.

»Was mach' ich bloß? Was mach' ich bloß«, jammerte sie. Gleich fiel es ihr ein – beten. Warum hatte sie nicht sofort daran gedacht zu beten? Mit den zerschundenen Beinen kniete Sarah sich auf den Waldboden und bat den Herrn Jesus, er möge ihr den Weg aus dem Wald zeigen.

Als sie wieder aufstand, sah sie sich in aller Ruhe um und versuchte sich zu erinnern, wo sie hergekommen war. Als sie so still dastand, hörte sie plötzlich eine Kuhglocke! Die Glocke der Schönen!

»Ich danke dir, Herr, daß du mich die Glocke hören läßt«, flüsterte Sarah und ging auf das Klingeln zu.

»Die Schöne führt die anderen Kühe jetzt sicher nach Hause, denn sie geht nicht mehr weiter in den Wald hinein!« Aber als sie auf das Geräusch zulief, hörte Sarah noch etwas, das sie vor Schreck wieder stolpern ließ. Tief aus dem Wald kam ein langgezogenes Geheul – Wölfe!

»O nein! Aber das – das ist ein Wolf, der ruft, und ein anderer antwortet!« japste Sarah.

Die Schöne mußte sie auch gehört haben, denn ihre Glocke fing an, laut und wild zu läuten. Dann blökte sie »Muh!« Sarah beeilte sich, die Kuh zu finden, und sie betete im Herzen. Bald sah sie die Kühe, aber sie stampften und blökten, als sie das Mädchen sahen.

»Ich bin's, Sarah!« rief sie. Jetzt freuten sich die großen Tiere. Die Schöne rieb ihren Hals an Sarah, und Sarah streichelte sie.

»Bring uns nach Hause, Schöne!« bettelte das Mädchen. In dem Augenblick heulten weit in der Ferne wieder die Wölfe. Sarah und die Kühe waren starr vor Schreck. Dann trottete die Schöne voran. Sarah ging neben ihr her, mit dem Kälbchen und den anderen Kühen.

Die Schöne führte sie zu einer grasbewachsenen Lichtung. Es war eine große Lichtung, auf der kein einziges Gebüsch stand.

Aber die Schöne ging nicht über die Lichtung, sondern blieb dort. Irgendwie verstanden die anderen Kühe, was die Schöne vorhatte. Sie bildeten einen Kreis, aus dem ihre Köpfe mit den Hörnern hervorragten, und das Kalb der Schönen und Sarah standen in dem Kreis.

Sarah war erstaunt und verängstigt zugleich. Was machten die Kühe? Dann begriff sie. Es war wegen der Wölfe. Statt nach Hause zu laufen, hatten sich die Kühe in Verteidigungsstellung aufgebaut.

»Was soll nun werden?« fragte sich Sarah. »Jetzt muß ich eben auf Jesus vertrauen.«

Es wurde ganz dunkel, und nur etwas silbernes Mondlicht

drang durch die Bäume. Die Kühe standen still im Kreis, und ihre Hörner hielten sie gesenkt. Die Rufe der Wölfe kamen immer näher. Die Kühe stampften unruhig. Schließlich wurden sie still und aufmerksam. Sarah, die zwischen ihnen hindurchspähte, glaubte sicher, ein Paar rote Augen im Wald glühen zu sehen. Dann sah sie plötzlich zwei Paar. Die Stimmen der Wölfe waren verstummt.

Nach einiger Zeit brüllten die Kühe wieder und stampften auch. Sarah suchte die roten Augen, konnte sie aber nicht mehr entdecken. Dann jaulte ein Wolf weit in der Ferne. »Die hatten Angst vor euch! Die hatten Angst vor euren Hörnern!« rief Sarah und dankte dem Herrn.

Sarah dachte, nun würden die Kühe wieder eine Reihe bilden und nach Hause laufen, aber das taten sie nicht. Sie blieben so im Kreis mit gesenkten Hörnern stehen. Schließlich, als die Wölfe nicht wieder näher kamen, legte sich ein Tier nach dem anderen nieder.

Sarah schlief jetzt fast im Stehen ein, also legte sie sich neben das Kälbchen der Schönen und kuschelte sich an die warme Leitkuh.

Das erste Licht des neuen Tages erhellte bereits den Himmel, als Sarah aufwachte und die Stimme ihres Vaters rufen hörte: »Sarah, Sarah, ist dir nichts geschehen?«

Sarah richtete sich auf. Sie war ganz steif vor Kälte.

»Nein, Vater! Jesus war bei mir im Wald. Er hat der Schönen und den anderen Kühen gesagt, wie sie mich und sich selbst schützen konnten. Jetzt will ich ihm immer vertrauen und mich nicht mehr fürchten.«

Georgs Wachhund

Eine wahre Geschichte von Katherine Bradley

Es geschah an dem Tag, als die Freundin seiner Mutter von außerhalb zu Besuch kam. Ginger bellte und machte einen solchen Lärm, daß Georg an die Haustür lief, um zu sehen, was los sei. Vor ihm stand Fräulein Mason, die sich nicht zu bewegen wagte.

»Ginger tut Ihnen nichts, Fräulein Mason«, rief Georg der Besucherin zu. Er ging nach draußen und redete auf seinen zimtfarbenen Cockerspaniel ein. »Ginger, Fräulein Mason ist unser Besuch. Du mußt nett zu ihr sein.«

Ginger schnupperte an Fräulein Masons Schuhen, dann wedelte er mit dem Schwanz.

Fräulein Mason bückte sich und streichelte den Hund zur Begrüßung. »Einen Moment dachte ich, er frißt mich bei lebendigem Leibe«, sagte sie und lachte.

»Er ist ein guter Wachhund«, erklärte der neunjährige Georg Wermann. »Ich mag hier nicht allein sein, wenn Mama arbeitet, da hab' ich so lange gebettelt, bis sie mir Ginger geschenkt hat.«

Nachdem sie sich ein paar Minuten unterhalten hatten, brachte Georg Fräulein Mason mit dem Bus in die Stadt, wo sie sich mit seiner Mutter zum Mittagessen trafen. Nach dem Essen führte Georg Fräulein Mason auf einen Einkaufsbummel, bis seine Mutter um halb fünf Feierabend hatte und sie alle mit dem Bus zum Häuschen der Wermanns zurückfuhren. Als sie ankamen, war es dort sonderbar still.

»He, wo ist Ginger?« rief Georg. »Hierher, Ginger! Hierher, Ginger!«

Auch Frau Wermann und Fräulein Mason riefen mit,

aber der Hund antwortete nicht. Schließlich sagte Georgs Mutter: »Jetzt muß ich unbedingt das Abendessen richten, Georg. Vielleicht ist Ginger hinter irgend jemandem hergelaufen.«

Die beiden Frauen gingen ins Haus, aber Georg rief weiter. Noch immer war von Ginger nichts zu hören. Georg lehnte sich an einen Holzstapel, um einen Moment zu überlegen.

Auf einmal hörte er ein Geräusch, als ob jemand niese, und das kam genau unter dem Holzstapel hervor. Er ließ sich auf Hände und Knie nieder und schaute unter den Stapel. Dort lag Ginger, er zitterte und nieste!

»Ginger!« rief Georg. »Komm, Ginger. Komm raus.«

Aber der rührte sich nicht. Statt dessen mußte Georg unter das Holz kriechen und den Hund hervorholen. »Was ist los, Ginger? Hast du dich erkältet?« Er nahm den Hund auf den Arm.

Ginger winselte schwach und leckte dem Jungen die Hand.

Georg legte seinen Hund wieder auf die Erde und lief ins Haus. Er holte ein Stück von einer alten Decke und sagte seiner Mutter, wie er den Hund vorgefunden hatte. Dann wickelte er das Tier in die Decke und blieb bei ihm sitzen, bis die Mutter zum Abendessen rief.

»Ich bin nicht hungrig«, antwortete Georg.

»Junge, wenn du nichts ißt, hilft das Ginger auch nicht«, versuchte ihn die Mutter zu überreden. »Morgen geht es ihm sicher wieder besser.«

Aber Georg wollte seinen Hund nicht allein lassen. Wenn Ginger nun etwas zustieß? Er dachte daran, wie seine Mutter ihm zu erklären versucht hatte, daß Gott ihn besser beschützen konnte als jeder Hund.

»Du bist ein guter Wachhund«, sagte Georg zu Ginger, als müsse er ihn verteidigen. »Aber Gott ist nicht nett, weil er dich krank werden läßt.«

An diesem Abend betete Georg nicht wie sonst, bevor er sich schlafen legte. Seine Mutter sah ihn besorgt an: »Junge, du läßt doch nie dein Gebet aus. Was ist heute los?«

»Mutter, warum hat Gott Ginger krank werden lassen?« platzte er heraus. »Wenn der Hund stirbt, hab' ich niemanden, der mich beschützt.«

»Georg, das hab' ich dir doch schon einmal erklärt. Gott beschützt dich viel besser, als Ginger das je könnte. Gott will dir helfen, wenn du dir helfen läßt.«

Aber Georg drehte sich zur Wand und wollte nicht beten. Am nächsten Morgen war er früh auf. Er wärmte Milch für Ginger und brachte sie ihm nach draußen, aber der Hund rührte sie nicht an.

Georg überlegte, wie er seinem Hund helfen könnte. Er wußte, sie hatten kein Geld für den Tierarzt. Schließlich ging er zu seiner Mutter. »Mama«, fragte er, »wie kann ich Geld für den Tierarzt verdienen?«

»Wenn du diese Woche das Haus saubermachst, zahle ich dir das, was Carmen sonst dafür bekommt«, schlug die Mutter vor. Georg nahm das Angebot dankbar an. Er wußte, daß er Carmens Arbeit auch schaffen konnte: Geschirr spülen, Betten machen, Fußboden putzen.

Die ganze Woche arbeitete er und ging immer wieder zu Ginger. Er hatte ihm ein bequemes, trockenes Lager unter dem Holzstapel gemacht, und der Hund lag dort ganz still und litt. Er trank noch immer nicht von der Milch, die Georg ihm brachte.

Schließlich gab Frau Wermann Georg am Ende der Woche zehn Mark. Georg telefonierte sogleich mit dem Tierarzt und erzählte ihm von Ginger.

»Wenn dein Hund nicht gegen Staupe geimpft worden ist, hat er diese Krankheit jetzt vielleicht ganz schlimm bekommen. Dann ist es jetzt zu spät, ihm zu helfen. Du hättest früher anrufen sollen.«

»Aber können Sie denn gar nichts für ihn tun?« flehte Georg.

»Nein, mein Junge. Aber ich kann ihn für dich einschläfern. Wenn du das willst, laß es mich wissen. Dein Hund kann aber noch ein paar Monate leben.«

Georg war wie benommen, als er den Hörer auflegte. Er starrte auf das Geld, für das er so schwer gearbeitet hatte. Es war zu spät. Ginger war verloren! Am Abend berichtete er der Mutter, was der Tierarzt gesagt hatte. Dann rief er zornig: »Warum hat Gott das mit Ginger geschehen lassen, wo ich ihn doch so nötig als Wachhund brauche? Ohne ihn bin ich so schrecklich allein.«

»Georg, wenn du Gott die Schuld gibst, ist das ganz falsch«, erklärte ihm die Mutter. »Gott liebt dich viel mehr als ich. Er tut nichts, was dich traurig macht. Manchmal sind die Dinge, die Gott in unser Leben schickt – auch die schlimmen Dinge – gut für uns.«

Aber der Junge konnte nur daran denken, daß er Ginger verlieren sollte, den er doch so nötig als Wachhund brauchte. An jenem Abend weinte sich Georg in den Schlaf, wie er es als kleines Kind manchmal getan hatte.

Georg machte die ganze Woche den Haushalt, jeden Tag. Später wollte er dann für das verdiente Geld seinen Ginger vom Tierarzt einschläfern lassen.

Ginger schien sich zu freuen, wenn Georg zu ihm kam. Obwohl er sehr schwach war, versuchte er doch, von der warmen Milch zu trinken, um dem Jungen einen Gefallen zu tun. Und irgendwie war die Freundschaft zwischen Ginger und Georg herzlicher als bisher.

Eines Tages sagte Georg zu seinem Hund: »Weißt du, Ginger, wenn Gott mich so sehr lieb hat, wie ich dich liebhabe, vielleicht tut er dann etwas für uns beide.« Und damit beschloß Georg zu beten.

»Gott, es tut mir leid, daß ich auf dich geschimpft habe, weil Ginger krank ist«, betete er. »Bitte, vergib mir, daß ich dir nicht vertraut habe. Wenn du mich so lieb hast wie ich Ginger, dann hilf uns doch bitte allen beiden. Wenn du willst, mach ihn doch wieder gesund. Aber von jetzt an laß' ich mich statt von Ginger von dir bewachen.«

Nun war Ginger schon über einen Monat krank. Aber Georg war sicher, daß Ginger gesund würde, nachdem er jetzt doch immer für ihn betete. Und tatsächlich – Ginger wurde jeden Tag etwas kräftiger.

Bald fing er an, von der Milch zu trinken, als ob sie ihm wirklich schmeckte.

Eines Tages kroch Ginger auf wackeligen Beinen unter dem Holzstapel hervor. Seit Wochen fraß er zum ersten Mal wieder eine richtige Mahlzeit. Jetzt wußte Georg, daß Gott ihm seinen Ginger wiedergeschenkt hatte.

»Ginger«, jubelte er und umarmte seinen Hund, »Gott hat dir zuliebe mein Gebet erhört. Ist das nicht prima von ihm? Als du krank warst, hab ich gelernt, daß Gott uns beide bewachen kann. Einen Wachhund brauch' ich nicht mehr, aber wir bleiben trotzdem Freunde!«

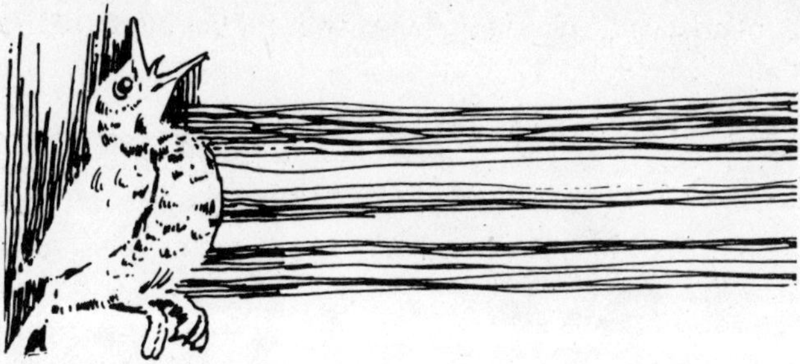

Wir denken noch oft an das Rotkehlchen

Eine wahre Geschichte, aufgeschrieben von James R. Adair

Es ist drei Sommer her, daß Kinder, die nebenan zu Besuch waren, das kleine Rotkehlchen fanden. Sie riefen uns, und wir kamen schnell, um zu sehen, was los war. Die Kinder zeigten auf einen kleinen Vogel, der auf dem Boden hockte.

Das Vögelchen versuchte es immer wieder – aber es konnte nicht fliegen. Die Vogeleltern machten ihm Mut und wir auch. Aber es gelang nicht. Das Vogelkind war zu früh aus dem Nest gefallen.

Die Kinder, die zu Besuch waren, gingen wieder nach Hause, und wir mußten für das Rotkehlchen sorgen. Wir konnten es doch nicht auf dem Boden sitzen lassen! Dort hätte es eine Katze holen können. Aber wo sollten wir hin mit ihm?

Unsere Freundin Jeniffer fand ein altes Vogelnest, und wir setzten das Vöglein mit dem Nest in eine große Kiste. Vom Baum herab schimpften die Rotkehlchen-Eltern aufgeregt auf uns ein.

①

②

Vati half uns Regenwürmer ausgraben. Mary-Sue hob das Vogelkind vorsichtig hoch, und Martha-Lou ließ einen saftigen Wurm direkt vor seinem Schnabel baumeln. Gierig öffnete es weit den Schnabel, streckte sich, und – schwupp! – war der Wurm in dem Mäulchen verschwunden. (1)

Aber unsere Bemühungen waren eigentlich überflüssig. Gegen Abend bemerkte Vati, daß sich bei der Kiste etwas regte. Ein Rotkehlchen (wahrscheinlich der Vogelvater) setzte sich auf unseren Gartentisch neben der Kiste und hatte den Schnabel voller Futter. Er flog auf den Kistenrand und wandte den Kopf hierhin und dorthin. Dann verschwand er in der Kiste.

Als wir hörten, was da vor sich ging, klatschten wir vor Freude in die Hände. Unser himmlischer Vater hatte für das Vogelkind die besten Betreuer geschickt – seine eigenen Eltern (2)!

Aber es wurde Nacht, und nachts schleichen Katzen herum. Das Vogelkind war in Gefahr!

Vati löste das Problem. Er zog das große, rote Kistenhaus in unsere Garage und schloß das Tor. Das Vogelkind war in Sicherheit. Aber fanden es die Vogeleltern so auch am nächsten Morgen?

Als wir aufwachten, erzählte Vati uns, was geschehen war. Kaum hatte er die Kiste mit dem Vogelkind aus der Garage geholt, schoß der Vogelvater auch schon hinunter und brachte einen Schnabel voller Futter.

In den folgenden Tagen wurde ebenfalls fleißig Futter »angeflogen«. Wie der Blitz kam jeweils einer der beiden Vögel mit einem Wurm oder etwas Eßbarem angeschossen. Vati machte Fotos von einem Fenster aus. Einmal ließ einer der Vögel das ganze Mittagessen aus Larven und einem Käfer danebenfallen. Wir gaben dem Kleinen dann sein Futter.

Nach drei Tagen schien das Vogelkind kräftiger geworden zu sein. Sein Federkleid wurde dichter. Es konnte sogar schon ein wenig an den Kistenwänden hochfliegen.

Am vierten Abend entdeckten wir es, wie es unsicher auf dem Kistenrand balancierte.

Am nächsten Morgen, nachdem es die Nacht in der sicheren Garage verbracht hatte, flog das Vogelkind wieder auf den Kistenrand. Ein paar Minuten später kam ein Elternvogel, um das Junge zu füttern.

Und als Vati sich dann in der Garage versteckt hatte, um Fotos zu machen, ermutigten Vater und Mutter Rotkehlchen ihr Kleines, daß es fliegen sollte. Vater Rotkehlchen flog auf einen Telegrafendraht und rief fröhlich: »Piep! Piep!«

Wir gingen vor dem Frühstück nach draußen, um »Auf Wiedersehen« zu sagen, denn Vati hatte gesagt, daß der kleine Vogel jetzt bald wegfliegen würde. Mary-Sue beugte sich über ihn, als wollte sie ihm einen Kuß geben, und da sperrte er den kleinen Schnabel auf nach Futter (3).

Wir versteckten uns bei Vati in der Garage und sahen zu. Die Vogelmutter rief ständig. Das Baby antwortete. Wir konnten sie beinahe verstehen: »Jetzt muß es geh'n! Breit' die Flügel aus und versuch's. Du kannst es!«

»Aber ich fürcht' mich! Ich bin noch nie geflogen. Wenn ich hinfalle?«

Dann faßte das Vögelchen Mut und reckte sich. Es lehnte sich ein-, zwei-, dreimal nach vorn. Die Rotkehlchen-Mutter flog auf einen Fliederbusch am Ende des Gartens. Das Vögelchen beugte sich noch einmal vor. Vatis Fotoapparat klickte, als das gesprenkelte Vögelchen dann davonflog (4).

Zuletzt sahen wir das Vogelkind mit seiner Mutter vom

Fliederbusch zum Apfelbaum in Nachbars Garten fliegen. Wir riefen ihm nach: »Auf Wiedersehen, Vögelchen. Wir haben dich lieb!«

In Gottes Wort steht: »Seht euch die Vögel unter dem Himmel genau an, denn sie säen nicht und ernten nicht, sie sammeln nicht in die Scheunen, und doch ernährt euer himmlischer Vater sie. Seid ihr denn nicht viel mehr als sie? . . . Darum sollt ihr nicht sorgen und sagen: Was sollen wir essen? Womit sollen wir uns kleiden? Euer himmlischer Vater weiß genau, daß ihr das alles nötigt habt. Trachtet am ersten nach seinem Reich und nach seiner Gerechtigkeit, und all die anderen Dinge werden euch gehören« (Matthäus 6, 26, 31, 33).

Die gefährliche Nacht

Eine Geschichte von Marlene Lefever

Zeke, Mildreds Foxterrier, lag vor dem warmen Kamin. Sein Schwanz schlug auf den Boden, als die zehnjährige Mildred Keppel aufsprang, um aus dem vereisten Fenster zu schauen.

Mildred blickte ängstlich in die dunkle Nacht hinaus. Sie versuchte, den zugefrorenen Susquehenna-Fluß zu erkennen. Die Eisdecke auf dem Fluß, der ihr Haus auf einer kleinen Insel ganz umschloß, war noch geschlossen, bis auf ein paar tiefe Risse hier und dort.

»Kleines, du mußt jetzt nach oben ins Bett.« Der Vater legte ihr die Hände auf die Schultern und stützte sein Kinn auf ihren Kopf. »Deine Mama und ich haben alles besprochen. Du wirst nicht wieder die ganze Nacht aufbleiben. Dann verbrauchst du das ganze Holz. Ich mache das Feuer aus, und du gehst zu Bett.«

»Papa, laß mich noch eine Nacht aufbleiben. Ich weiß, das Eis bricht heute auf«, bettelte Mildred.

»Mildred, du bist die drei letzten Nächte aufgeblieben, weil du überzeugt warst, daß das Eis aufbricht. Gott wird uns bewahren.«

Mildred sah ein, daß Papa den Fluß besser kannte. Schließlich hatte er die meisten seiner 58 Lebensjahre auf dieser kleinen Insel verbracht. Die Keppels hatten nur einmal in der Woche Verbindung mit dem Festland, und zwar am Sonntag, wenn sie im Winter übers Eis gingen und im Sommer über den Fluß ruderten zum Gemeindehaus am Ufer.

Papa wußte – fast auf den Tag genau –, wann der Susquehenna anfing zuzufrieren und wann er wieder auftaute.

Manchmal brach das Eis im März auf. Überall türmten sich dann kleine Eisschollen rund um die Insel. Bisher waren diese Eisberge aber nur in den Geschichten gefährlich gewesen, die Papa am Abendbrottisch erzählte . . .

Er berichtete, wie vor Jahren durch das Tauwetter große Eisschollen losgebrochen waren. Und dann trieben diese Schollen langsam den Fluß hinunter. Weil das Wasser schneller floß als die kleinen Eisberge, türmten sich die Schollen zu dickem Treibeis auf. Diese Treibeisberge schwammen langsam stromab und zermalmten alles, was ihnen im Weg lag.

Aber Mildred war unruhig. Irgendwie war dieses Jahr 1897 anders. Sogar Papa sagte, es sei der kälteste Winter gewesen, an den er sich erinnern konnte. Nun war fast über Nacht der Frühling gekommen. Es war drei Tage lang warm gewesen, und das Eis war wie üblich brüchig geworden. Wegen des plötzlichen Wetterumschwungs hatte Mildred befürchtet, das Eis werde – wie in Papas Geschichten – aufbrechen und sich meterhoch in den Himmel türmen.

Nun war Mildred schon drei Nächte aufgeblieben. Sie hatte viel Holz für den Kamin verbraucht, und nichts war geschehen. Sie bückte sich und kraulte Zekes Kopf. Dann gingen die beiden zur Treppe. Sie sah sich um und wollte Papa Gute Nacht sagen, aber seine Lippen bewegten sich, ohne daß man Worte hörte; da wußte sie, daß er mit Gott redete.

Vielleicht betete er wegen des Eises. Er schien sich keine solchen Sorgen zu machen wie sie. Aber sicher wäre es besser gewesen, über Nacht bei Freunden auf dem Festland zu bleiben! Sie verstand Papa nicht immer.

Mildred meinte, schon seit Stunden geschlafen zu haben, als sie plötzlich aufwachte. »Schlaf endlich, Hund«, murmelte sie, weil sie irgendein Geräusch hörte. Aber als sie die Augen aufmachte, sah sie, daß Zeke noch immer zu ihren Füßen schlief.

Jetzt war sie hellwach, sprang aus dem Bett und ans Fenster. »Das Eis! Das Eis! Es bricht!« schrie sie. Papas Geschichten vom Treibeis stimmten also doch ... Weiter oben im Fluß staute sich das Eis an manchen Stellen höher als ihr Haus. Das Wasser trieb das Eis auf die Insel zu. Es würde ihr kleines Haus zermalmen!

»Papa! Papa!« rief sie, so laut sie konnte. Sie rannte zum Zimmer ihrer Eltern. Ihr Vater zog sich gerade die Schuhe an. »Hol deine Schuhe und hilf dann der Mutter, Mildred. Wir müssen schnell weg hier.«

Verängstigt drängten sich die drei in ihren Wintermänteln und Schals vor die Haustür. Der Deich war schon unter den Eismassen eingestürzt, die sich Schicht um Schicht übereinanderschoben und von ihrem eigenen Gewicht stromab gedrückt wurden. »Mama, sieh nur! Da brennt ein Feuer am Ufer!« Mildred wies dorthin, wo ein großes Feuer seinen hellen Schein verbreitete. Sie konnte es aber kaum noch durch das sich türmende Eis erspähen. Und es war zu weit weg, als daß man die Leute hätte sehen können, aber Mildred konnte sich gut vorstellen, daß die ganze Gemeinde da am Ufer stand und für sie betete.

»›Ich will dich mit meinen Augen leiten‹«, flüsterte Mildreds Vater.

Ja, Gott wird uns leiten, ganz bestimmt, dachte sie.

Die Familie ging den Pfad hinunter. Mama klammerte sich fest an Papas Hand. Mildred schaute immer nach dem Feuer aus, und sie stellte sich vor, daß es Gottes Auge war, das sie leitete.

»Ich schaffe das nicht!« jammerte die Mutter, als sie das Eis erreicht hatten. »Ich kann nicht über diese Eisschol-

len springen. Ich gehe hier nicht weg.« Sie lief ein paar Schritte zurück zum Haus.

Papa rannte ihr nach und hielt sie an den Armen fest.

Sie schluchzte, bis Papa sie schüttelte, damit sie aufhörte. Zeke rannte zwischen ihnen und der Scheune hin und her und bellte wie wild. »Er will die Kuh mitnehmen«, erklärte Papa der Mama, aber Mama starrte nur auf das Eis.

»Nein, Zeke. Komm her.« Mildred mußte beinahe lachen, als sie sich vorstellte, wie die dicke, alte Kuh über das Eis rutschen würde. Zeke gehorchte und kam an ihre Seite. Jetzt standen sie alle am Flußufer. Ohne Aufforderung lief Zeke über eine Eisscholle bis zur Spitze und auf der anderen Seite hinunter, dann erschien er wieder auf der Spitze. »Gott leitet uns nicht nur durch das Feuer-Auge, er gebraucht jetzt auch noch Zekes Augen, um uns zu helfen. Gott schützt uns, Mama. Ich habe ihn darum gebeten.« Die Familie hielt einander an den Händen, als Papa noch einmal betete, Gott möge mit ihnen sein.

Dann machten sich alle drei – Mildred, Mama und Papa – hinter Zeke im Gänsemarsch auf über das Packeis. Sie verloren das Feuer aus den Augen, als sie in ein Eistal nach dem anderen glitten. Aber wenn sie wieder oben auf einer Scholle standen, überprüften sie die Richtung.

Sie waren schon halb drüben, als ein tiefes Grollen plötzlich zu einem lauten Krachen wurde. Mit einem Schlag brach die feste Scholle, auf der sie gerade standen, entzwei. Ein großer Eisblock schob sich in den Spalt und trennte Mildred von ihren Eltern. »Mein Gott«, schrie sie, »hilf mir!«

Auch in ihrer Angst wußte Mildred, daß sie nicht stehenbleiben durfte. Sie verbot sich selbst, zu überlegen, was hinter der Eiswand geschehen sein mochte. Dann hörte sie über dem Krachen des Eises ein anderes Geräusch. Es war der laute Schall von Trompeten und das Dröhnen von Waschbottichen, auf die ihre Freunde trommelten, um ihnen den Weg zu weisen.

Sie kam nur langsam auf die Schollen und gefährlich schnell wieder hinunter. Ihre Hände bluteten von den scharfen Eiskanten. Jeder Atemzug tat weh. Sie meinte, nicht weiterklettern zu können. »Dich leiten, dich leiten, dich leiten.« Ununterbrochen wiederholte sie ihres Vaters Worte in Gedanken. Sie hatte nur noch über zwei Eisberge zu klettern, als sie ihren kleinen Hund sah, der vor ihr über das Eis kletterte. Er wartete, bis er sah, daß sie nachkam. Seine Pfoten mußten ganz erfroren sein, denn er rutschte nur noch und kletterte nicht mehr wie zu Anfang.

Der Hund führte sie den kürzesten Weg, hinunter und hinauf, dann durch einen schmalen Spalt. Endlich sah sie die Gesichter der Wartenden. Eine Frau weinte. Sie rannte über ein letztes Stück Eis in die Arme einer Frau, die sie kaum kannte. Sie weinte, bis sie ganz außer Atem war. »Mama?« fragte sie.

»Wart nur, sie sind nicht mehr so jung wie du. Sie kommen sicher gleich.«

Mildred strengte sich an, um die dunklen Umrisse ihrer Eltern zu entdecken. Dann sah sie etwas, das sich bewegte. Es war Zeke. Er lief zurück, sie zu holen. Es dauerte zehn Minuten, bis die drei an Land kamen. Zeke führte sie durch seine ermutigende Nähe ebenso wie durch seinen Spürsinn. Mildred stützte Mama, als die Frauen sie in Decken hüllten und wärmende Kohlen um sie schichteten. »Wir dachten schon, der Herr hätte dich zu sich genommen, Kleines. Aber dein Hündchen muß dich sicher übers Eis geführt haben.«

Mildred wandte sich um und wies auf das Feuer. »Es war wie ein großes Auge, und Gott gebrauchte den Lichtschein und Zeke, um uns in Sicherheit zu bringen. ›Ich will dich mit meinen Augen leiten‹, hat er versprochen, und er hat es getan.« »Ja, und jetzt sind wir alle vier in Sicherheit.« Ihr Vater drehte sich um, weil er den Hund loben wollte. »Wo ist Zeke?«

Mildred rief ihn, und dann schaute sie zu dem Eis. Der Hund kämpfte sich gerade über den zweiten Eisberg zurück zum Haus.

»Zeke! Zeke! Papa, halt ihn auf!« Heiße Tränen liefen ihr über die Wangen, als sie ihren treuen Freund zurücklaufen sah zu der zerstörten Scheune und dem Trümmerberg, der einmal ihr Haus gewesen war.

Papas Stimme klang traurig und tief: »Er will auch noch die Kuh retten.«

Das kleine lahme Küken

Eine wahre Geschichte von Newman Watts

An einem grauen, kalten Tag Anfang März wurde bei uns auf dem Bauernhof eine hölzerne Kiste geliefert. In der Kiste hockten einige Küken, die gerade acht Wochen alt waren. Vati übertrug mir die Aufgabe, sie zu füttern. Zwei Tage nach ihrer Ankunft bemerkte ich, daß sieben von ihnen auf dem achten Küken herumtrampelten. Ich steckte meine Hand mit Futter ins Hühnerhaus. Das schwache Küken hüpfte ungeschickt heran, um sich den Körnerbrei zu holen. Da merkte ich, daß es lahm war.

Ich trug das Küken ins Haus und zeigte es meinem Vater.

»So, mein Sohn, jetzt kannst du zeigen, was du fertigbringst«, sagte Vati. »Sieh zu, ob du das Küken wieder gesundpflegen kannst.«

Sonja und Heidi, meine Schwestern, wollten mir helfen. Schwestern wollen das immer, stellte ich fest. »Wie sollen wir das Küken nennen?« fragte Heidi.

»Mephiboseth natürlich«, antwortete Mutter.

»O ja, Mephiboseth!« schrie Sonja. »Das ist doch der Mann aus der Bibel, der an beiden Füßen lahm war.« Sonja war die Älteste und wußte viel besser in der Bibel Bescheid als ich. Aber weil sie die einzige war, die den Namen richtig aussprechen konnte, nannten wir das Hühnchen einfach »Mefi«.

»Was mag wohl mit ihm los sein?« überlegte ich.

Mutter sah sich Mefi genau an. »Ich weiß nicht genau. Kann sein, daß es krank ist. Am besten, du hältst es warm.«

Wir fanden einen Karton, der so hoch war, daß die kalte Luft am Küchenfußboden ihm nichts anhaben konnte. Dort pflegten wir drei das lahme Küken einige Tage lang. Dann war Sonja zu beschäftigt, weil sie für eine Schulaufführung lernen mußte. Und der kleinen Heidi wurde es langweilig, immer Mefis Federn zu streicheln. So blieb mir die Sorge für das Küken allein überlassen.

Später wollte Mutter Mefi nicht mehr in der Küche haben. Also trug ich den Karton in den Geräteschuppen. Mefi lernte mir aus der Hand fressen. Es ließ sich von mir aufheben, streicheln und streckte die Flügel. Meine Nähe schien ihm zu gefallen, aber laufen wollte es nicht.

Als ich es Vati sagte, lachte er. »Mein Junge, so kommt es nie auf die Beine. Es wird nur verwöhnt, wenn du es mit der Hand fütterst. Du mußt es ermuntern – bring es zum Laufen.«

Jetzt machte ich mir ein »Heilprogramm«. Ich reichte Mefi nur so weit die Hand hin, daß sich das Hühnchen strecken mußte, um einen Schnabel voll Futter zu bekommen. Dann half ich ihm auf die Füße und ließ es einige Schritte machen. Etwas später füllte ich sein Futter in eine Dose. Wenn es jetzt fressen wollte, mußte es aufstehen. Es lief immer die paar Schritte, um sein Futter zu bekommen, dann setzte es sich zwischen den Mahlzeiten wieder hin.

Aber das wurde ich bald leid. »Mefi«, erklärte ich ihm eines Tages, »du gibst dir einfach keine Mühe, gesund zu werden.« – Ich dachte mir eine neue Übung aus. Ich führte das Küken jeden Tag auf die Wiese, und indem ich seine Schwanzfedern hochhielt, ließ ich es laufen.

Zuerst hatte ich keinen großen Erfolg. Mefi setzte sich einfach hin. Mit der Zeit ging es doch ein wenig besser. Aber immer noch setzte es sich, sobald ich losließ.

Während ich mit Mefi arbeitete, hielt unser Pastor, Herr

Hartmann, eines Sonntags eine Predigt über das »Züchtigen«. Er sagte, Gottes Zucht sei dasselbe, was wir bei der Erziehung unserer Kinder versuchen. »Gott muß uns dazu bringen, daß wir auch etwas tun, was wir nicht gern tun – damit wir Jesus ähnlicher werden«, sagte er.

Genau das mache ich ja mit Mefi, überlegte ich.

»Wenn wir etwas Schwieriges zu tun haben oder durch eine Zeit des Leidens gehen müssen«, sprach der Pastor weiter, »ist das ein Zeichen, daß Gott uns liebt, und auch wir sollten ihn dadurch mehr lieben lernen.«

Und – genauso ging es dann mit Mefi und mir. Mefi wurde schließlich gesund, und als sie eine ausgewachsene Henne geworden war, hatte ich sie besonders lieb gewonnen. Es gefiel mir gar nicht, daß ich sie zu den anderen Hühnern bringen mußte. Sobald ich aus der Tür in den Hof kam, rannte sie mir entgegen. Ja, ich mußte aufpassen, daß sie mir nicht unter die Füße lief. Mefi und ich waren gute Freunde geworden.

Schließlich bestand Vati darauf, daß ich sie in den Hühnerhof brachte. Aber die anderen Hühner hatten sie vergessen. Sie behandelten sie wie eine Fremde. Sie hackten so viel auf ihr herum, daß sie aus dem Hühnerhof entwischte, wann sie nur konnte.

So ähnlich behandeln mich die Jungen in der Schule, seit ich mich zu Jesus bekannt habe. Der Gedanke kam mir eines Tages, als ich zusah, wie Mefi gepickt wurde. Die Jungen ärgern sich, weil ich nicht fluche oder dreckige Witze erzähle.

Und dann fiel mir an Mefi noch etwas auf: Wenn ich ins Hühnerhaus kam, flatterten die anderen Hühner herum, als hätten sie Angst, daß ich ihnen etwas tun könnte. Aber Mefi kam zu mir gelaufen, um sich streicheln zu lassen. Wenn ich Futter in den Hof streute, flog Mefi nicht mit den anderen umher. Sie wartete, bis ich ein paar Körner extra für sie hinwarf. Komisch, nicht? Die anderen Hühner hatte ich nicht über den Rasen laufen lassen und sie dabei am Schwanz geschoben. Und doch hatten sie Angst vor mir. Aber Mefi liebte mich und vertraute mir.

Etwa im Oktober fingen Mefi und die anderen Küken an, Eier zu legen. Eines Tages kam Mutter mit besonders großen Eiern herein. »Mefi hat so stolz gegackert«, sagte sie. »Ich sah in ihrem Nest nach, und tatsächlich war da ein Ei. Sieh nur, ihres ist das größte.«

Ja, Mefis Eier waren größer als die der anderen. Gerade so, als wollte sie sagen: »Ich weiß, was du alles für mich getan hast. Also tue ich auch für dich, was ich kann.« Die Bibel sagt: »An ihren Früchten sollt ihr sie erkennen.« Und ich glaube, wenn man ein Huhn nach seinen Eiern beurteilen kann, war Mefi ein sehr gutes Huhn!

Mefi gab mir ein Beispiel, und so beschloß ich, in diesem Jahr auch gute »Früchte« zu tragen. Meine sollten aber für Jesus sein. Ich wollte ihm zeigen, daß ich ihn liebhatte, indem ich lieb zu anderen war und jedem, der es hören wollte, davon erzählte, daß Jesus starb, um meine verkehrten Taten und Gedanken zu vergeben.

Schließlich konnte ich mich doch nicht von einem Huhn übertrumpfen lassen!

Muff

Eine wahre Geschichte von Marion Bond West

Muff, unser fünfzehnjähriger Hund, lag im Sterben, davon waren wir überzeugt.

Meistens begleitete ich meinen Mann nach draußen, wenn er zum Auto ging, um zur Arbeit zu fahren. Muff kam dann immer mit wedelndem Schwanz aus ihrer Hundehütte und begrüßte uns. Aber an diesem Morgen lag sie auf der Seite, und nur ihr Kopf war in der Tür zur Hundehütte zu sehen. Sie bewegte sich nicht, als ich ihren Kopf streichelte. Und ihre alten grauen Augen sahen einfach durch mich hindurch.

»Na ja, sie ist jetzt fünfzehn«, sagte Gerd, mein Mann, und ich nickte traurig. »Ich komme heute zeitig von der Arbeit nach Hause und bringe sie zu dem Tierarzt, wo wir früher gewohnt haben. Vor dem hat sie keine Angst, und er kann sie von ihrem Elend erlösen.«

Gerd ging, und ich hatte die Aufgabe, den Kindern die Sache mit Muff zu erklären. Mit ihren über fünfzehn Jahren war sie älter als jedes von ihnen. Wie sie wohl die traurige Nachricht aufnahmen?

Julia und Annette nickten schweigend, sie waren fünfzehn und dreizehn Jahre alt. Schwieriger war es schon, den siebenjährigen Zwillingen Jan und Jörg zu sagen, wie es stand.

Jan stellte alle möglichen Fragen, um seinen Schmerz zu lindern. Aber Jörg sah mich nur lange an, als hätte er nicht verstanden. Seine Mundwinkel senkten sich nach unten, und er blinzelte schnell in dem tapferen Bemühen, die Tränen zurückzuhalten.

Er ließ sein Frühstück stehen und ging aus der Küche,

wobei er versuchte, so auszusehen, als sei nichts los. Ich hörte, wie er sich oben aufs Bett warf und folgte ihm dorthin. Er hatte sich unter seiner Bettdecke versteckt und schluchzte bitterlich.

»Herr«, betete ich schnell, »hilf mir, daß ich nicht auch weinen muß. Das darf ich nicht, wenn ich versuchen will, ihn zu trösten. Bitte, lehre mich, was ich sagen soll.« Eine innere Stimme sagte leise, aber machtvoll zu mir: »Sag ihm, was ich dich über das Loben lehrte.«

»Aber, Herr«, anwortete ich, »er ist noch so klein. *Mir* fällt es ja schon schwer, dich für alles zu preisen, und ich bin fast vierzig.«

Wieder sprach die innere Stimme: »Lehre ihn, während er noch jung ist, mich für alles zu preisen.«

Ich setzte mich zu Jörg aufs Bett und zog ihm die Decke vom Kopf. Er sah zu mir auf mit seinem von Kummer ganz verzogenen Gesicht. Ich zog ihn dicht an mich. »Jörg, hör' mir mal eine Minute ganz gut zu.«

Er schluchzte noch immer.

»Jörg, ich möchte, daß du Gott dankst, daß Muff diesmal nicht wieder gesund werden kann«, sagte ich leise.

Er riß sich los und sah mich entsetzt an.

»In der Bibel steht, daß wir Gott für alles danken sollen«, erklärte ich ihm, »nicht nur für die guten Dinge. Auch für das, was wir nicht verstehen oder was uns nicht gefällt. Für alles, auch wenn es weh tut.«

Er hatte aufgehört zu weinen und hörte nun aufmerksam zu. »Wir haben Muff doch seit fünfzehn Jahren. Wieviel Freude hat sie uns allen gemacht! Wir können Gott danken, daß sie nicht verlorengegangen oder von einem Auto überfahren worden ist. Jetzt ist sie eben sehr alt.

Wir können Gott auch danken, daß Vati heute früher von der Arbeit heimkommen kann. Er fährt die 30 Kilometer nach Hause und dann 60 Kilometer zu dem Tierarzt, den Muff kennt. Und wie gut ist es, daß der Tierarzt Muff helfen kann – daß sie einschläft und nicht wieder aufwacht. Wir müssen uns von ihr trennen, Jörg. Wir wollen Gott danken, daß er uns Muff so lange gelassen hat.«

Er faltete die Hände und sagte: »Danke, lieber Gott, daß wir Muff so lange haben durften. Danke, daß Vati kommt und sie zum Tierarzt bringt. Danke, daß sie – nicht mehr leiden muß – und daß sie – stirbt.«

Das war ein viel schöneres Gebet, als ich es erwartet hatte. Es war schöner, als ich es fertiggebracht hätte. Zu meiner Verwunderung stand Jörg auf, sah in den Spiegel und fuhr sich über die Augen. Er strich sich das Haar zurück, schob sein Hemd in die Hose und ging dann nach draußen zum Spielen. Ich hatte an jenem Vormittag einen Termin beim Friseur. Ich sah mehrmals nach Muff, bevor ich das Haus verließ. Es ging ihr nicht besser. Ja, sie sah sogar schlechter aus. Ich achtete genau auf ihre Flanken, um zu sehen, ob sie noch atmete. Ihr Flanken bewegten sich nur schwach.

Beim Friseur fragte mich die Friseuse, was los sei. Ich erzählte ihr von Muff. »Ach, unser Hund ist neulich abends schrecklich krank geworden«, erzählte sie mir. »Er mußte sehr leiden, bis er tot war.«

Ich erklärte ihr, wie es bei Muff war. »Bei unserem Hund war es genauso«, sagte sie.

Jetzt wußte ich, daß Muff nicht nur alt und verbraucht, sondern auch sehr krank war. Als ich unter der Trockenhaube saß, gab ich den letzten Funken Hoffnung auf, daß Muff überleben könnte. Insgeheim hatte ich auf ein Wunder gehofft. Jetzt wollte ich nur noch, daß mein

Mann sie zum Tierarzt brachte, bevor sie einen schreckli-
chen Tod erleiden mußte.

Gerd kam früh von der Arbeit, wie er versprochen hatte. Sanft redete er Muff zu, sie solle aufstehen. Aber sie konnte nicht. So trug er sie zum Auto, und ich machte ihm die Tür auf. Ich konnte nicht zusehen, wie sie abfuhren.

Als ich zurück ins Haus ging, sprach ich ein Gebet. Wenn ein siebenjähriger Junge Gott danken konnte, daß sein Hund sterben mußte, konnte ich doch nicht zurückstehen. Ich dankte Gott, daß sie nicht würde leiden müssen, und daß Gerd zeitig gekommen war, um sie zum Tierarzt zu bringen. Nach dem Abendessen machten die Kinder noch einen Spaziergang. Ich saß allein auf den Stufen zum Haus und wartete auf Gerd. Er hätte schon vor zwei Stunden zu Hause sein sollen, überlegte ich. Was war los mit ihm? War er vielleicht irgendwo an der Straße auf einen Parkplatz gefahren, um mit seinem Kummer fertigzuwerden?

Schließlich, gegen zwanzig nach sechs, bog unser brauner Kombi um die Ecke und fuhr in die Einfahrt zur Garage. Ich reckte mich, um zu sehen, was Gerd für ein Gesicht machte. Er sah nur starr geradeaus.

Er stieg aus dem Auto, ging auf die andere Seite und öffnete dort die Tür. »Was macht er nur?« murmelte ich vor mich hin.

Ganz langsam stieg Muff aus dem Auto. Und sie lächelte – ich sah es genau! Es war ein schwaches Lächeln, aber doch deutlich zu erkennen, und sie wedelte mit dem alten Schwanz. Ohne Hilfe ging sie dann in den Garten und in ihre Hütte. »Was war denn?« schrie ich und rannte hinter Muff her. Ich wollte die Hundehütte erreichen, bevor Muff dort ankam. Ich hatte ihren Wassernapf nämlich schon weggeworfen . . .

Muff wartete auf mich, bis ich ihr einen neuen Napf mit Wasser brachte. Dann trank sie erst einmal. Gerd und ich sahen zu. Dann ging sie langsam durch den Garten. Sie stolperte ein paarmal, und sie brauchte fast eine halbe Stunde, bis sie ihre Runde gedreht hatte.

Dann ging sie zu ihrer Hütte zurück.

»Es war nicht, was wir dachten«, erklärte Gerd. »Aber sie ist sehr krank – sie hat Würmer und ein paar andere Krankheiten, und dann noch ihr hohes Alter.« Er gab mir eine Flasche. »Diese Pillen sind gegen die Würmer. Gib sie ihr in vier Tagen. Im Augenblick ist sie zu krank, um welche zu nehmen.«

»Was hat der Tierarzt mit ihr gemacht?« wollte ich wissen. »Er spritzte ihr Flüssigkeit in die Venen und gab ihr eine große Dosis Penicillin«, antwortete er. –

Muff erholte sich erstaunlich gut. Nach vier Tagen rannte sie schon wieder im Garten herum und bellte sogar. Sie fraß wie ein Wolf und begrüßte jeden von uns mit Schwanzwedeln. Ihr Fell wurde glänzend, und sie benahm sich wie ein junger Hund.

Die Kinder hatten sie jubelnd in die Arme geschlossen, als sie nach Hause kamen und sie im Garten entdeckten. Aber bevor Jörg sie in die Arme nahm, sagte er: »Jetzt müssen wir erst Gott danken, daß er sie hat leben lassen, nicht wahr?« – »Ganz bestimmt, Jörg«, stimmte ich zu. Ich dankte Gott im stillen – nicht nur, daß Muff noch lebte, sondern auch, daß meine Familie allmählich lernte, dem Herrn für ALLES zu danken.

Hungrige Löwen

Eine wahre Geschichte von Marilyn Eck

Die Ecks waren Missionare in Afrika. Sie lebten am Nil und sahen oft Löwen.

Manchmal hörten sie Berichte von Löwen, die Tiere, die afrikanische Dorfbewohner gerissen hatten. Man erzählte sich sogar, daß ein hungriger Löwe einen Menschen angefallen haben sollte.

Diese Könige der Tiere gingen vor allem nachts auf die Jagd. Eines Tages verließ Herr Eck sein Zuhause, um eine neue Missionsstation einzurichten. Er fuhr mit dem Wagen etwa dreißig Kilometer weit landeinwärts ins Dorf Paloich.

Dort schlug er sein Lager auf und fing an zu bauen. Tagelang arbeitete er hart. Er mietete afrikanische Helfer, die ihm Ziegel aus Lehm und Stroh machten.

In den Nächten gingen die Afrikaner wieder in ihre Dörfer, aber sie wollten Herrn Eck nicht mitnehmen. So schlief er allein auf einem Feldbett draußen unter den Sternen. Seine einzige Behausung war ein Moskitonetz.

Eines Nachts, ehe er zu Bett ging, hörte er Löwen brüllen. Wie immer war er allein – ohne Gewehr, ohne Haus. Er dachte daran, wie Gott Daniel in der Löwengrube bewahrt hatte. Jetzt betete er, Gott möge auch ihn beschützen.

Das Löwengebrüll kam näher.

»David tötete mit bloßen Händen einen Löwen. Vielleicht gibt Gott auch mir heute die Kraft, das zu tun«, überlegte Herr Eck. Jetzt hörte er, daß sich einige Löwen näherten. »Wenn die Eingeborenen nicht so abergläubisch wären, hätte ich im Dorf schlafen können«, sagte er halblaut.

Die Löwen kamen immer näher. Ihr Gebrüll klang hungrig. Herr Eck hob den Kopf, um zu sehen, wie nahe sie schon waren. Obwohl der Vollmond hell leuchtete, konnte er die Löwen noch nicht sehen.

Plötzlich sah er etwas blitzen. Da lag sein Buschmesser. (Er hatte es immer griffbereit neben seinen Schuhen liegen, falls eine Schlange oder ein Skorpion einmal in den Schuhen übernachtet haben sollte.) Schnell öffnete er sein Moskitonetz, um hinauszugreifen und das Buschmesser zu holen.

»Du hast gesagt, du verläßt dich auf mich«, schien eine leise Stimme zu flüstern.

»Ja, Herr, das tue ich auch. Aber wenn mir einer von diesen Löwen zu nahe kommt, kann ich ihn damit bewußtlos schlagen«, gab Herr Eck schnell zur Antwort.

»Kannst du mir nicht völlig vertrauen?« schien die Stimme ihn zu beschwören.

»Natürlich kann ich das, Herr. Vergib mir, daß ich nicht genug Glauben habe. Ich verlasse mich auf dich.« Herr Eck ließ das Buschmesser fallen. Wieder wurde ihm klar, daß Gott wirklich alles kann. Er erkannte, daß jetzt ein Augenblick gekommen war, wo Gott wollte, daß er »still stehe und die Hilfe des Herrn sähe«.

Und nun sah er im hellen Mondlicht drei wunderschöne Löwen. Einer war ein großes Männchen mit einer zottigen Mähne. Gleich hinter ihm kam die schlanke Löwin, der ein Junges auf dem Fuß folgte. Sie beschnupperten den Stapel Lehmziegel. Sie beschnupperten die Eimer, in denen der Lehm herangeschleppt wurde. Dann – schlichen sie direkt auf das Moskitonetz zu.

Herr Eck lag ganz still. Er mußte dem Herrn vertrauen,

daß der sein Herz still hielt und nicht so laut klopfen ließ, daß die Löwen dadurch erschreckt wurden.

Jeder der drei Löwen beschnupperte einer nach dem anderen das Moskitonetz. Dann schüttelten sie sich und schlichen davon. Sie fanden den Geruch des weißen Mannes abscheulich!

»Groß ist deine Treue, mein Gott und Vater!« Herr Eck lobte und pries den Herrn in seinem Herzen, während er ganz still in seinem Feldbett liegenblieb.

Am nächsten Morgen, als die jungen Männer aus dem Dorf kamen, erzählten sie ihm, daß Löwen in einen Schafstall eingebrochen wären und dreizehn Schafe gerissen hätten.

Ich werde immer dankbar sein, daß Gott Herrn Marvin Eck so wunderbar bewahrt hat, denn – weißt Du – er ist mein Vater!